La cometa que ondea –
La cometa de la esperanza

GayathriDevi Murugan (Gayam)

***

Publicado por: Kadhaithuli

***

<u>Reconocimientos</u>

Quiero agradecer a mi esposo Murugan Venugopal por su apoyo inquebrantable mientras escribía esta historia y por todo su duro trabajo de edición para lograr publicarla. También me encantaría mencionar a mis dulces hijos Dhanush & Pradeeba por su paciencia y perseverancia. Ambos me proporcionaron inspiración y motivación para concebir esta maravillosa historia. Esta historia es ficticia y creada de la imaginación, pero en base a eventos reales, que sucedieron durante el encierro de COVID en nuestra familia.

Además, doy un sincero agradecimiento a Daniel V por traducir y reescribir la historia adaptada a personajes y localidades del vocablo español, junto con la Sra. Sindu Nair y la Sra. Jayapriya por dibujar hermosas pinturas. Y por supuesto, un agradecimiento especial a la Sra. Lakshmi Devi por crear hermosas filigranas de papel.

Finalmente, quiero agradecerle a USTED, lector, por descargar esta historia y leerla.

¡¡¡Feliz lectura!!!

Una hermosa tarde antes del atardecer ...

"¡Hermano! ¡¡Está volando!! ¡Mira!"

"¡¡Whooooooo!! ¡Papá! ¡Lo hicimos! ... Está ahí. ¡Está volando! "

Lucy y Tommy se abrazaron y gritaron a coro: "¡Yay! ¡Lo hicimos!" Ambos se agarraron las manos con fuerza y apreciaron el momento. No podían creer lo que veían. Volaba como un pájaro libre, tan hermoso como si corriera con las palomas. Después de unos segundos, Lucy y Tommy miraron a su padre. Estaba radiante de alegría: "Ve y llama a mamá. Voy a sujetar el hilo… Ten cuidado al bajar las escaleras", dijo.

Lucy y Tommy corrieron lo más rápido que pudieron, gritando desde la terraza hasta su casa: "¡Mamá! Empezó a volar. Ha logrado subir. ¡Finalmente!"

¿Qué podría ser? ¿De qué están hablando? ¿Vieron volar un pájaro por primera vez? ¡Deben haber visto un avión en el cielo! "Espera ..." dijo el padre "Voy a sujetar el hilo ..." Hmmm, ¿es una cometa? ¡Uf! ¿Tanta exageración solo para ver una cometa volar en el cielo? Siento curiosidad por saber cuál es la historia detrás de volar esta cometa. ¿Tú igualmente? ¡Ven conmigo y lo descubrirás!

Hace dos semanas,

Eran una familia feliz que vivía en una ciudad bulliciosa. Solían pasar sus fines de semana en varios lugares recreativos y pasar un rato feliz. Debido a la pandemia de Coronavirus, todo se había estancado. Las carreteras, parques, playas, centros comerciales, teatros tenían un inquietante silencio. Mis hijos, Lucy y Tommy de 5 y 10 años, estaban cansados de estar en casa y echaban de menos salir con sus padres. Tommy era un amante de los deportes y estar dentro de la casa 24x7 era algo que no podía soportar. No había podido jugar al fútbol, ni nadar. Sobre todo, extrañaba a sus amigos. Logro superar el primer mes. Pero el mes siguiente parecía terrible. Empezó a sentirse frustrado. Sintió como si el encierro hubiera detenido por completo su vida. Era un niño maduro y comprendía la gravedad de la pandemia. Pero poco a poco empezó a perder la paciencia. Todo lo que sabía ahora era que estaba atrapado dentro de la casa.

Ese día, Tommy amaneció particularmente triste, y aunque había intentado ocultarlo para no afectar a su hermanita, esa mañana no pudo más. "No me quiero levantar, ¿para qué si no puedo hacer nada más que estar aquí encerrado?". Dijo Tommy

"Yo tampoco me voy a levantar" respondió Lucy luego de escuchar a su hermano.

Tenía que hacer algo, recordé que en mi infancia usábamos juegos más tradicionales, mi padre solía hacernos unas hermosas cometas, las hacíamos con materiales reciclados y aún así parecían como nuevas. Podía pasar horas volando mi cometa en el jardín, no necesitaba de nada más que un poco de viento para alegrar mis tardes, era realmente divertido construirlas y mucho más verlas volar. Tanto así que terminó siendo uno de mis juguetes favoritos cuando tenía la edad de Tommy, por lo que pensé que sería una buena idea compartir esta experiencia con mis propios hijos.

"¡Todos a levantarse!, vamos a desayunar en familia y luego haremos una linda cometa los tres juntos", al escuchar estas palabras Tommy y Lucy se levantaron corriendo a prepararse, no había visto tanta energía en mucho tiempo.

Primero buscamos en la casa todos los materiales, escogimos muchos colores brillantes y comenzamos a construirla. No fue tan fácil, había olvidado algunas cosas, pero luego de toda una tarde, la terminamos. Tommy y Lucy no esperaron ni un segundo y corrieron al jardín a probar su cometa, pero lamentablemente no subió mucho más arriba del suelo. Lo intentamos una y otra vez, pero cada vez que se levantaba un poco al caer se iba dañando un poco más. Le hicimos algunas reparaciones, sin embargo, no logramos que funcionara esa noche.

"Mañana lo intentaremos de nuevo, sólo nos falta arreglarla un poco más". Les dije. Tommy y Lucy se fueron a dormir esa noche cansados pero emocionados de que al día siguiente podrían jugar con su nueva cometa.

Tommy y Lucy se levantaron más temprano que nunca, lo primero que escuché fue: "Vamos, vamos, a despertar, hoy haremos volar nuestra cometa", Lucy estaba saltando en la cama para levantarnos, mientras Tommy ponía la mesa para desayunar.

Nuevamente pasamos horas tratando de reparar la cometa, le poníamos un parche sobre otro y la volvíamos a probar, pero nuestra suerte no mejoró. Durante la siguiente semana, todos los días hacíamos una nueva prueba, cambiamos algunos materiales, modificábamos la cola, pero nuestra cometa nunca voló. En ese momento pensé que sería imposible arreglarla, no sabía qué más podía hacer, por lo que dejé de intentarlo, me convencí de que mi idea había fracasado y que tendría que pensar en algo más.

Al día siguiente busqué los niños para despertarlos, pero

no se encontraban en sus camas, los encontré en la sala de estar volviendo a arreglar su cometa, me sorprendía mucho como después de tantos intentos no habían perdido la esperanza. Decidí dejarlos que siguieran arreglándola ellos dos solos ya que parecían divertirse, y siempre, al final de la tarde, me invitaban a ver sus pruebas de vuelo. Lamentablemente no pudieron levantarla más que unos metros del suelo, siempre cayendo fuertemente y arruinándola un poco más. Pasaron un par de semanas más, y aunque Lucy estaba perdiendo un poco el interés, la convicción de Tommy de lograr que su cometa volara era indestructible.

Un día les pedí que me acompañaran al jardín, quería que hiciéramos algo distinto juntos. A su madre y a mí nos preocupaba mucho que después de tanto esfuerzo se dieran cuenta que no era posible arreglar esta cometa, tenía una forma un poco extraña, algunas fallas evidentemente y después de tantos parches resultaba imposible imaginar que algún día pudiera volar. Estábamos muy orgullosos de la constancia que habían demostrado, además de haberles devuelto la energía que el encierro les había robado, pero pensamos que la desilusión de un fracaso como este podía causarles más tristeza que la que habían sentido antes.

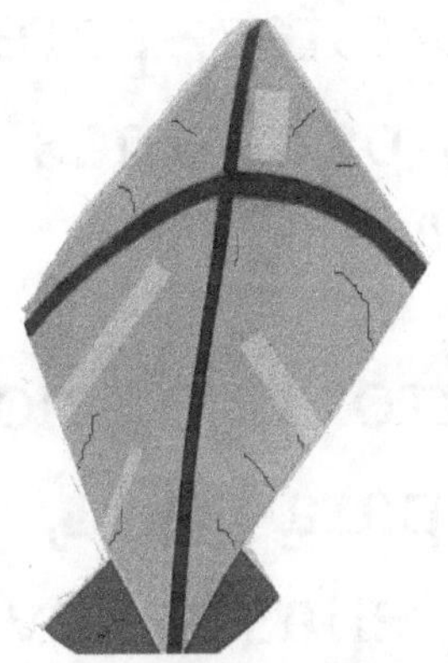

"Vamos chicos, será divertido plantar algunas nuevas flores, a su madre le encantará" les dije.

"Que lindos colores" dijo Lucy, "me gustan estas amarillas, las plantaré para mamá"

Tommy había notado algunas abejas que se habían visto atraídas por las nuevas flores, luego de observarlas por un rato, preguntó "¿cómo es posible que vuelen las abejas? Son muy gorditas, parecieran muy pesadas para unas alas tan pequeñas."

"Es cierto hijo, no están diseñadas para volar, pero pueden hacerlo, ellas se levantan todos los días con mucho ánimo y hacen un gran esfuerzo para volar, son realmente increíbles" Respondí. Me pareció una buena anécdota que esperaba pudieran recordar luego del fracaso con la cometa.

Pero en ese momento Tommy hizo algo que no esperaba, corrió de nuevo a la casa y trajo su cometa para probarla, Lucy se acercó para ayudarlo, la cometa se levantó un par de metros por unos segundo pero finalmente cayó. Inmediatamente Tommy corrió de nuevo a la casa, Lucy lo siguió preguntándole

"Tommy ¿A dónde vas?"

"Voy a intentarlo de nuevo, si las abejas pueden, yo también haré volar mi cometa" dijo Tommy mientras regresaba a la casa. Unos minutos después regresó al jardín y lo intentó de nuevo, pude ver que la cometa había cambiado mucho desde la última vez que la arreglé con ellos, tenía muchos parches, pero se parecía cada vez más a una cometa real.

Esta vez la cometa se levantó un poco más, pero fue inevitable que cayera al piso de nuevo. Una vez más Tommy regresó a la casa. Nunca lo había visto tan decidido, ni en sus más importantes competencias de fútbol. Esto era algo mucho más grande.

Tardó un poco más en regresar en esta oportunidad, se notaban los últimos cambios que le había realizado, corrió con todas sus fuerzas y la cometa levantó un poco el vuelo, Tommy estaba tan concentrado que no se dio cuenta lo alto que subió su cometa esta vez.

"Está volando, está volando, hijo lo lograste"

"Sí, sí, sí, no lo puedo creer" corrió Lucy al lado de su hermano para volar juntos su cometa.

"Llama a tu madre para que lo vea, no lo va a poder creer", ayudé a Lucy a mantener en alto la cometa mientras Tommy llamaba a su madre.

Tommy corrió hacia la casa diciendo "Lo logré madre, lo logré, está volando, ven rápido".

Tommy y Lucy estaban más felices que nunca, corrían por todo el jardín riendo como hace mucho no los escuchaba reír. Por un momento me quedé sin palabras, no podía creer como mis hijos habían logrado algo tan increíble, supe que sería una lección que no olvidaríamos jamás.

Ese día entendí que puede que algo no esté diseñado para funcionar, pero que si de verdad lo intentas con todas tus fuerzas funcionará. Que son las intenciones y perseverancia lo que te lleva al éxito, y no que todo esté perfectamente planeado. Aprendí a nunca limitar los sueños de mis hijos, ya que ellos me demostraron que nada es imposible.

"El éxito consiste en ir de fracaso en fracaso sin perder el entusiasmo" - Winston Churchill